Apreciados amigos y familiares de los nuevos lectores:

Bienvenidos a la serie Lector de Scholastic. Se ha basado en los más de noventa años de experiencia que tenemos trabajando con maestros, padres de familia y niños para crear este programa, que está diseñado para que corresponda con los intereses y las destrezas de su hijo o hija. Los libros de Lector de Scholastic están diseñados para apoyar el esfuerzo que su hijo o hija hace para aprender a leer.

- Lector Primerizo
- Preescolar a Kindergarten
- El alfabeto
- Primeras palabras

- Lector Principiante
- Preescolar a 1
- Palabras conocidas
- Palabras para pronunciar
- Oraciones sencillas

- Lector en Desarrollo
- Grados 1 a 2
- Vocabulario nuevo
- Oraciones más largas

- Lector Adelantado
- Lectura de entretención
- Lectura de aprendizaje

Si visita www.scholastic.com, encontrará ideas sobre cómo compartir libros con su pequeño. ¡Espero que disfrute ayudando a su hijo o hija a aprender a leer y a amar la lectura!

¡Feliz lectura!

—Francie Alexander
Directora Académica
Scholastic Inc.

Originally published in English as *I Love Colors!*

Translated by Madelca Domínguez

ISBN 978-0-545-34182-0

12 11 10 9 8 7 6 5 4 3 2 1   11 12 13 14 15 16/0

Printed in the U.S.A. 40 • First Spanish printing, September 2011

¡ME GUSTAN LOS COLORES!

Hans Wilhelm

SCHOLASTIC INC.

New York   Toronto   London   Auckland
Sydney   Mexico City   New Delhi   Hong Kong

Aquí hay tres colores:
ROJO, AMARILLO y AZUL.

Voy a pintar.

Puedo usar mi cola
como pincel.

¡Ayyyy!

¡Qué bien me veo!

Lo voy a volver a hacer.

Ahora tengo tres colores:
ROJO, ANARANJADO
y AMARILLO.

Si mezclo **ROJO** con AMARILLO, sale ANARANJADO.

Mis patas traseras
siguen blancas...

¡Ahora son **AZULES**!

¿Qué pasa si meto mis
patas AMARILLAS
en el AZUL?

¡Se vuelven **VERDES**!
Si mezclo **AMARILLO** con
AZUL, sale **VERDE**.

Ahora voy a meter mi cola
ROJA en el **AZUL**.
¿Qué pasará?

¡Se vuelve **MORADA**!
Si mezclo **ROJO** con
AZUL, sale **MORADO**.

¡Ay, no! ¡La pintura está secándose y poniéndose dura!

¡Mucho cuidado!
¡Aquí viene el perro
ARCO IRIS!

¡PLAS!

Soy yo otra vez.

Pero debería ponerme
un poquito de color,
¿no crees?